5 AVRIL 1883 -

COLLECTION

D NARISCHKINE

EXEMPLAIRE DE M. STETTINER

IMPRIMÉ PAR PILLET ET DUMOULIN

RUE DES GRANDS-AUGUSTINS, 5, A PARIS

COLLECTION

B. NARISCHKINE

Carte d'Entrée à l'Exposition Particulière

DE LA COLLECTION

B. NARISCHKINE

8, RUE DE SÈZE, 8

(GALERIE G. PETIT)

Le Mardi 3 Avril 1383, de 1 heure à 5 heures

COMMISSAIRE-PRISEUR : Me PAUL CHEVALLIER.

EXPERT : M. G. PETIT.

CATALOGUE

DES

TABLEAUX

ANCIENS ET MODERNES

COMPOSANT LA

Collection de M. B. NARISCHKINE

DONT LA VENTE AURA LIEU

8, RUE DE SÈZE, 8

(GALERIE G. PETIT)

Le Jeudi 5 Avril 1883, à 2 heures

Par le ministère de Me P. CHEVALLIER, Commissaire-Priseur,
10, rue de la Grange-Batelière;

Avec le concours de M. CH. PILLET, son prédécesseur;

Assisté de M. G. PETIT, Expert, 12, rue Godot-de-Mauroi;

Chez lesquels se trouve le présent Catalogue

Catalogue illustré. Prix: 20 fr.

EXPOSITIONS

PARTICULIÈRE	PUBLIQUE
Le Mardi 3 Avril 1883	*Le Mercredi 4 Avril* 1883

De une heure à cinq heures.

CONDITIONS DE LA VENTE

La vente sera faite au comptant.

Les acquéreurs payeront cinq pour cent en sus de enchères applicables aux frais.

Paris. — Typ. Pillet et Dumoulin, 5, rue des Grands-Augustins

LORSQU'IL *eut pris la décision de se séparer de ses tableaux, M. B. Narischkine, se souvenant de l'ancien commissaire-priseur dont il avait été le client, me demanda de donner mes soins et de prêter mon concours à la vente qu'il désirait en être faite par le ministère de Me P. Chevallier, assisté de M. G. Petit.*

Me demander d'assister mon successeur, d'employer des loisirs, parfois un peu longs, à m'occuper d'une vente, surtout d'une vente de tableaux, c'était me proposer une tâche trop conforme à mes goûts et à des habitudes que je n'ai pas encore eu le temps de perdre, pour que je pusse avoir l'idée de refuser. D'ailleurs la tâche est facile quand il s'agit, comme ici, d'œuvres consacrées par le temps et dont le mérite et la valeur ont été affirmés par les enchères dans les ventes publiques où elles ont figuré.

Aucune période n'a été plus féconde en ventes publiques importantes que celles de ces vingt dernières années, et aucune n'a offert à un amateur de plus nombreuses et de meilleures occasions de former ou d'enrichir sa collection. La galerie Delessert, la galerie de Pommersfelden, la vente des vingt-trois tableaux provenant de San Donato, les collections Gaillard, d'Aquila, Koucheleff, Suermondt, etc., étaient riches en œuvres hors de pair parmi lesquelles il n'y avait qu'à choisir, et M. Narischkine a su choisir.

La majeure partie des tableaux de sa collection, ou du moins les plus importants, proviennent de ces ventes demeurées célèbres. Il suffira de citer, entre autres, sans avoir besoin d'en faire l'éloge, le Pieter de Hooch, *de la Vente Delessert, certainement un des plus beaux tableaux de ce maître, et la* Dégustation, de Terburg ; *la* Récolte des foins, *de* Ph. Wouwerman, *l'un des vingt-trois chefs-d'œuvres détachés en 1868 de la galerie de San Donato, le* Portrait de femme, *de* Rembrandt, *de la même vente ; de la galerie de Pommersfelden, ce portrait du* Sénateur Muflel, *d'un caractère prodigieux, signé* A. Durer, *cette incomparable étude de* Rubens, Quatre têtes de nègres, *d'une réalité et d'une puissance qu'on ne saurait surpasser, et la* Marchande de poissons, *de* Gérard Dov, *que W. Burger appelait à juste titre un chef-d'œuvre ; la* Chasse au cerf, d'Adrien Van de Velde, *de la vente Koucheleff-Besborodko ; puis Ostade, Berchem,*

Teniers, Mieris, Jordaens, etc.; dans l'école française, le Colin-Maillard, *de* Lancret, *deux* Fragonard, *dont un célèbre, le* Serment d'amour, *le plus ravissant duo qu'on puisse imaginer, un* Pater *d'une exécution fine et brillante, et d'autres qu'il serait trop long d'énumérer.*

L'École moderne a trouvé, elle aussi, en M. B. Narischkine, un amateur éclairé, et ses choix n'y ont pas été moins heureux. Les Vaches à l'abreuvoir, *de la collection Suermondt, méritent une place exceptionnelle dans l'œuvre de* Troyon, *et nous avons encore de cet artiste éminent la* Route du marché; *la* Mare, *de* Th. Rousseau, *provenant de la vente d'Aquila, est un précieux échantillon du talent de ce maître; la* Rue d'un village italien *et les* Environs de Smyrne, *par* Decamps, *sont deux œuvres hors ligne. Brascassat, Hébert, J. Dupré, Couture, Cabat, Isabey, Jacque, Ph. Rousseau, Knaus et de Haas y sont représentés par des œuvres d'un ordre moins élevé peut-être, mais d'un mérite incontestable, et forment, avec quelques tableaux d'artistes étrangers, un ensemble des plus intéressants.*

Me reportant aux catalogues des ventes d'où proviennent, en majeure partie, ces tableaux, je leur en ai emprunté la description, ce qui permet de suivre, dans es mains où elles passent, des œuvres dont il importe de ne pas perdre la trace. Les gravures ont été exécutées par les soins et sous la direction de M. Gaucherel; c'est un devoir de l'en remercier ainsi que ses collaborateurs MM. A. Artigue, E. Bocourt, Desbrosses, Faivre, Gaujean, G. Greux, D. Mordant, E. Ramus.

J'ai apporté, à remplir la tâche qui m'était confiée, tout le soin que comportait une collection de cette importance; il appartient maintenant au commissaire-priseur et à l'expert, chargés de la vente, d'en assurer le succès.

CH. PILLET.

*

TABLEAUX ANCIENS

TABLEAUX ANCIENS

BERCHEM (CLAES-PETERSZ, dit NICOLAAS)

1620. — 1685.

1 — *Le Passage du gué.*

Effet de soleil couchant. Un paysan à cheval fait passer un cours d'eau à deux vaches, à des chèvres et à des moutons, en excitant un chien après ces animaux. Derrière ce groupe, un homme à grand chapeau, armé d'un long bâton; à droite de hautes falaises surmontées d'arbres penchés.

Ce tableau, très fin de lumière et de touche, a été gravé.

Signé.

Vente Koucheleff-Besborodko, 1869.

Bois. Haut., 30 cent.; larg., 37 cent.

BELLOTTO (Bernard)

1720 ? — 1780.

2 — *Vue de Dresde.*

La vue embrasse le cours de l'Elbe, le grand pont au delà duquel s'étend la ville. Sur la droite, le château royal avec sa chapelle.

Signé.

Toile. Haut., 48 cent.; larg., 80 cent.

BELLOTTO (Bernard)

3 — *Vue de Dresde.*

Ici la vue est prise en amont du pont et laisse voir au loin la campagne et les collines qui avoisinent Dresde.

Ces deux tableaux, faisant pendants, sont d'une très belle facture et rappellent les œuvres de Canaletto.

Toile. Haut., 48 cent.; larg., 80 cent.

BELLOTTO (Bernard)

4 — *Le Château de Pommersfelden.*

Toile. Haut., 46 cent.; larg., 78 cent.

BELLOTTO (Bernard)

5 — *Nuremberg.*

Vue de la place du Marché.

Toile. Haut., 46 cent.; larg., 78 cent.

BOILLY (Louis-Léopold)

1761. — 1845.

6 — *La Toilette.*

Monté sur un fauteuil, un jeune blondin, en élégant costume de soie bleu et marron, s'amuse à mettre du fard sur les joues de sa mère. Debout près de la toilette, une servante les regarde.

Toile. Haut. 58 cent.; larg., 47 cent.

CARESME (Jacques-Philippe)

Dix-huitième siècle.

7 — *Une Nymphe.*

Un satyre se penche vers elle, des amours voltigent au-dessus d'un bouquet d'arbres.

Cuivre, Haut., 35 cent.; larg., 27 cent.

CASANOVA (François)

1730. — 1805.

8 — *Cavalier en marche.*

Monté sur un cheval, il se dirige vers la gauche, suivant une cavalcade que l'on aperçoit au second plan.

Vente Papin, 1873.

Toile. Haut., 39 cent.; 23 cent.

CLOUET (Genre de)

8 bis. — *Portrait d'Antoine de Bourbon, père de Henri IV.*

Il porte toute la barbe. Vêtement foncé brodé d'or.

DENNER (Balthazar)

1685. -- 1747.

9 — *Portrait de femme.*

Elle a la tête couverte d'une sorte de bonnet d'étoffe grise, sous lequel passe sa coiffe blanche; au cou, un fichu blanc passé sous un vêtement marron.

Toile. Haut., 41 cent.; larg., 34 cent.

CUYP (Attribué à Albert)

10 — *Le Secours au blessé.*

Un jeune cavalier vient de descendre de cheval et présente un cordial dans un verre à un paysan qu'il vient de renverser. Près de lui une jeune servante, un enfant et une vieille femme contemplent cette scène ; — pendant ce temps, une meute de chiens prend ses ébats, un d'eux caresse le blessé.

Au premier plan à droite, le cheval tenu en laisse par un villageois et une paysanne suivie de son chien.

Vente Brooks, 1877.

Toile. Haut., 63 cent.; larg., 80 cent.

DOV ou DOU (Gérard)

1598. — 1680.

11 — *La Marchande de poissons.*

50,000 -

A l'arcade d'une fenêtre cintrée en haut, une vieille Hollandaise, en coiffe blanche et corsage rouge, tire d'un baquet un hareng qu'elle montre à une jeune servante tête nue et tenant au bras son panier en cuivre. Sur l'appui de la fenêtre, un chou rouge, des bottes de carottes et d'oignons, et un pan de tapis; à droite est appendu un panier d'œufs; à gauche une balance. Une bacchanale d'enfants est sculptée en bas-relief sous l'appui de la fenêtre. Dans la pénombre, derrière la marchande, on aperçoit une cage, et au fond deux femmes en conversation près d'une fenêtre.

Tableau de premier ordre dans l'œuvre du maître. Finesse exquise. La tête de la jeune fille est fraîche et naïve. Tous les accessoires sont peints avec une délicatesse incomparable.

Extrait du catalogue de la vente de Pommersfelden.

Signé sur l'appui de la fenêtre : G. Douw (sic) 1651.
Vente de Pommersfelden, 1867.
Gravé par Faivre.

Bois. Haut., 45 cent.; larg., 37 cent., cintré en haut.

DOV OU DOU (GÉRAD)

12 — *Le Repas frugal.*

Une bonne vieille est venue manger sa soupe sur le bord d'une croisée, elle regarde dehors tenant d'une main sa cuillère et de l'autre un pot en terre; sa distraction est si grande qu'elle laisse tomber sa cuillerée de soupe.

Signé sur la pierre de la fenêtre.

Décrit dans le Catalogue raisonné de Smith. Supplément. P. 22, nº 72.

Vente Delessert, 1869.

Gravé par D. Mordant.

Bois. Haut., 27 cent.; larg.. 22 cent.

DURER (ALBRECHT)

1471. — 1528.

13 — *Portrait du sénateur Muffel, de Nuremberg.*

En buste, de grandeur naturelle. La tête de trois quarts à gauche; toque avec des filets d'or; collerette ouverte, laissant voir le cou; pelisse garnie de fourrures. Fond d'azur intense. Le buste est coupé à mi-poitrine.

Signé du monogr. de *Durer* au dessous de l'inscription : *Ætatis suæ anno* LV. *Salutis vero* M. D. XXVI.

W. Burger, dans le catalogue des tableaux de la galerie de Pommersfelden, auquel nous empruntons cette description, ajoute :

« Le grand peintre a mis dans cette tête puissante, dans cette physionomie concentrée, un caractère extraordinaire. Les yeux fixes et pénétrants arrêtent et commandent. Ce sénateur Muffel — si c'est le sénateur Muffel ? — dut avoir de l'influence sur ses concitoyens.

« Ce chef-d'œuvre est sans doute le tableau le plus rare de la collection, et il serait digne d'être au Louvre à côté de l'Antonello. »

Vente de la Galerie de Pommersfelden, 1867.

Gravé par Gaujean.

Toile. Haut., 48 cent.; larg., 37 cent.

FRAGONARD (JEAN-HONORÉ)

1732. — 1806.

14 — *Le Serment d'amour.*

Ce tableau, très terminé et l'un des plus beaux du maître, est bien connu par la gravure de Mathieu.

Toute la chaleur, tout l'entrain de Fragonard se rencontrent dans le ravissant groupe des deux amants, éclairés par un vif rayon de lumière.

Vente Saint, 1846.

Collection du duc de Narbonne.

Vente Horsin Déon, 1868.

Photogravé d'après Mathieu.

Ovale. Toile. Haut., 64 cent.; larg., 55 cent.

FRAGONARD (Jean-Honoré)

15 — *Le Retour au logis.*

Le maître de la maison vient de rentrer. Deux caressants bambins, accourus au devant de leur père, se pressent autour de lui; tandis que sa jeune épouse, agenouillée sur un cousin, l'attire doucement vers le berceau où repose le dernier né. La bonne figure de la grand'mère, illuminée d'un rayon de soleil comme d'une auréole de bonheur, apparaît derrière ce groupe, dont tous les personnages enveloppés dans un demi-jour mystérieux se modèlent et se détachent sans dureté sur un fond brillamment éclairé.

C'est un tableau complet, d'une composition pleine de charme et d'une exécution remarquable de finesse, avec cette harmonie que l'on trouve toujours chez Fragonard.

Extrait du catalogue du Blaisel.

Vente du Blaisel, 1868.

Toile. Haut.. 72 cent.; larg., 92 cent.

HOOCH (Pieter de)

Dix-septième siècle.

16 — *La consultation.*

Ce chef-d'œuvre qui provient de la vente des tableaux de la galerie Delessert (1869) est ainsi décrit dans le catalogue de cette vente :

C'est un grand intérieur hollandais, au plafond à poutres apparentes et éclairé par une fenêtre qui ne donne la lumière que par la partie supérieure ; un homme vêtu de noir et de gris, coiffé d'une grande perruque bouclée, tourne la tête vers une femme et lui parle à l'oreille. Ils sont assis tous deux à une table couverte d'un tapis ; une servante leur sert du vin et des gâteaux.

Derrière ce groupe, un jeune homme, tout vêtu de blanc, le feutre sur la tête, tenant d'une main une pipe et s'appuyant de l'autre sur le dossier d'un grand fauteuil, regarde la servante en souriant : dans le fond, un lit fermé à rideaux et sur le mur un portrait et une grande carte coloriée représentant un port.

Ce tableau est d'une vigueur et d'une transparence de ton extraordinaire : La magie de la lumière y est poussée à ses derniers degrés, jamais le peintre n'avait été aussi puissant de couleur.

Vente Delessert, 1869.

Décrit dans le Catalogue raisonné de Smith. T. IV p. 229, nº 34.

Gravé par D. Mordant.

Bois. Haut., 68 cent.; larg., 57 cent.

HORREMANS (JEAN)

1682. — 1759.

17-18 — *Paysans attablés.*

Deux compositions formant pendants, représentant des paysans, hommes et femmes, à table à la porte d'une auberge.

Toile. Haut., 73 cent.; larg., 59 cent.

JORDAENS (JAKOB)

1593. — 1678.

19 — *Les Augures.*

Dans le temple d'Apollon, dont la statue se voit à la gauche du tableau, sept augures entourent un bassin de cuivre à demi rempli d'eau, que trois d'entre eux semblent consulter en le touchant. Un des augures, vêtu de noir, indique aux autres, fort impressionnés déjà par ce que présage le contenu du bassin, que la statue va rendre ses oracles.

Ces belles figures, vues à mi-jambes, sont étudiées avec un soin extrême et exécutées avec une grande vigueur de couleur et de brosse.

Extrait du catalogue Munoz.

Vente Munoz, 1867.

Toile. Haut., 1 m. 30 cent.; larg., 1 m. 82 cent.

LANCRET (Nicolas)

1690. — 1743.

20 — *Le Colin-Maillard.*

Dans un parc, au pied d'un escalier monumental dont une femme et une petite fille descendent les degrés, une nombreuse et élégante société joue au jeu de colin-maillard.

Au premier plan, assis à terre, un groupe de jeunes hommes et de jeunes femmes ; l'une d'elle tient le bout d'une corde destinée à embarrasser la marche du colin-maillard.

C. N. Cochin a gravé cette importante composition de

vingt-sept personnages sous le titre de « le Jeu de colin-maillard ».

Photogravé d'après Cochin.

Toile. Haut., 58 cent.; larg., 78 cent.

MARNE (Louis de)

1744. — 1829.

21 — *Le Retour du marché.*

Deux paysannes, dont l'une est assise près d'un pan de mur avec porte à claire-voie, devisent de leurs acquisitions; celle qui est debout montre à l'autre une vache et le veau qui la suit. Derrière passe un paysan sur son âne.

Fond montueux.

Toile. Haut., 26 cent.; larg., 35 cent.

MIERIS (Willem van)

1661. — 1747.

22 — *Le Joyeux buveur.*

Assis près d'une table sur laquelle est déposé son violon, un joyeux compagnon lève d'une main son verre et tient dans l'autre une bouteille à large panse.

Une servante lui présente sur une ardoise la note de ses nombreuses libations.

Signé et daté 1703.

Décrit dans le Catalogue raisonné de Smith. Supplément. P. 58, n° 17.

Vente Dupré, 1867.

Bois. Haut., 32 cent.; larg., 26.

OSTADE (Adriaan van)

1610. — 1685.

23 — *Portrait d'une vieille femme.*

Elle est vue à mi-corps, vêtue d'une robe rouge, la tête couverte d'un bonnet blanc, le visage sévère, les deux mains croisées, son coude appuyé sur une table sur laquelle est un dévidoir.

Ce portrait est d'une qualité merveilleuse et d'un grand caractère dans sa petite proportion.

Extrait du catalogue Delessert.

Décrit dans le Catalogue raisonné de Smith. Supplément. P. 89, n° 31.

Collection Van den Schriek.

Vente Delessert, 1869.
Gravé par E. Bocourt

Bois. Haut., 23 cent.; larg., 18 cent.

OSTADE (Adriaan van)

24 — *Buveurs.*

Deux hommes sont assis dans l'intérieur d'une grange, l'un sur un escabeau, tenant un verre d'une main, un broc de l'autre, le second, fumant sa pipe, sur un tonneau renversé. Près d'eux quelques tisons brûlent à même le sol.

Signé.

Bois. Haut., 26 cent.; larg., 20 cent.

PATER (Jean-Baptiste)

1696. — 1736.

25 — *Conversation galante.*

Une jeune femme en déshabillé de satin rose et blanc, assise près d'une fontaine en forme de dauphin, écoute les propos d'un jeune homme sur les genoux duquel elle est nonchalamment appuyée. Derrière eux une suivante épie leur conversation.

Près d'eux une jeune fille et un chien. Plus loin dans la campagne, groupe d'hommes et de femmes.

Charmant tableau d'une exécution très fine.

Toile. Haut., 24 cent.; larg., 20 cent.

PORBUS LE VIEUX (François)

1540. — 1580.

26 — *Portrait de Charles, cardinal de Bourbon.*

Collections Colbert et P. Delaroche.

Toile. Haut., 21 cent.; larg., 15 cent

REYNOLDS P. R. A. (Sir Joshua)

1723. — 1792.

27 — *Portrait de Miss Clarke.*

Elle est représentée grandeur nature, vue à mi-corps, habillée de blanc, coiffée d'un chapeau noir à plumes.

Vente Brooks, 1877.

Toile. Haut., 71 cent.; larg., 59 cent.

RIBERA (Jose de)

1588. — 1656.

28 — *Tête de vieillard.*

Belle étude d'un faire vigoureux.

Signé et daté 1644.

Toile. Haut., 88 cent.; larg., 52 cent.

RIJN (Rembrandt Harmens van, dit Rembrandt)

1607. — 1669.

29 — *Portrait d'une vieille femme.*

Ce portrait est celui d'une bonne vieille femme à l'âge 87 ans, comme l'indique l'inscription placée dans le fond à gauche.

Elle est vêtue d'un vêtement noir garni de fourrure, et assise dans un grand fauteuil, les mains croisées. La tête fine et spirituelle est entourée par les blancs de la collerette et du bonnet ; le fond est clair et coloré en même temps ; il est impossible de rendre avec plus de vérité et de largeur les mille détails de la tête et des mains.

C'est une œuvre de cette coloration chaude et dorée si particulière à Rembrandt. On ne peut voir une figure plus vivante et plus saisissante à la fois. Ce portrait peut être classé exceptionnellement dans l'œuvre du peintre.

Extrait du catalogue des 23 tableaux de San Donato.

Signé : Rembrandt. F. 1640 ou 1646.

Cabinets de Gerrit, de Bruxelles.
— Muller, d'Amsterdam.
— comte de Robiano.
— D. Nieuwenhuys.
— San Donato.

Gravé par E. Ramus.

Bois. Haut., 69 cent.; larg., 60 cent.

RUBENS (Peter-Paulus)

1577. — 1640.

30 — *Étude de quatre têtes de nègres.*

Dans des poses et avec des expressions différentes. Grandeur naturelle.

Cette étude, d'une vigueur, d'une puissance et d'une harmonie de tons vraiment extraordinaires, est un prodige de peinture.

Vente de la galerie de Pommersfelden, 1867.

Gravé par E. Ramus.

Toile. Haut., 47 cent.; larg., 61 cent.

SWEBACH DES FONTAINES (Jacques)

1729. — 1823.

31 — *Choc de cavalerie.*

La mêlée est engagée sur le bord d'une rivière que traversent grand nombre de combattants.

Signé.

Vente duchesse de Raguse.

Bois. Haut.. 31 cent.; larg., 61 cent.

SWEBACH DES FONTAINES (Jacques)

32 — *Marche d'armée.*

Un homme et une femme sont assis sur un canon qui ferme la marche.

Signé du monogramme.

Vente duchesse de Raguse.

Toile. Haut.. 30 cent.; larg., 38 cent.

TENIERS LE JEUNE (David)

1610. — 1694.

33 — *Le Gastronome.*

C'est l'hôtelier lui-même, sans doute ; il est assis dans une salle d'auberge devant une table sur laquelle est un succulent jambon entamé ; il tient d'une main une coupe pleine qu'il regarde avec bonheur, et de l'autre un pot ; à droite, sur une table de cuisine, un poulet prêt à faire cuire ; dans le fond des buveurs attablés et une femme auprès d'eux.

Ce tableau d'une exécution brillante a été gravé par Spruyt.

Signé.

Vente Delessert, 1869.

Ovale. Bois. Haut., 23 cent., larg., 32 cent.

TENIERS (David)

34 — *Intérieur de cuisine.*

A l'intérieur d'une chaumière, près d'une cheminée au large manteau, une femme fait la cuisine. Elle cause avec un vieillard appuyé sur un bâton. Un jeune homme est près du feu.

Collection de Max Kahn.

— Brooks.

Bois. Haut., 23 cent.; larg., 35 cent.

TENIERS LE VIEUX (David)

1582. — 1649.

35 — *Intérieur d'un corps de garde.*

Des soldats attablés fument, boivent et jouent aux cartes.

Au premier plan de riches armures et autres accessoires guerriers.

Vente Boitelle, 1867.

Bois. Haut., 60 cent.; larg., 85 cent.

TERBURG (Gérard)

1608. — 1681.

36 — *La Dégustation.*

Une dame hollandaise, jeune encore, porte à ses lèvres un élégant verre de Venise et déguste son contenu ; de l'autre main elle tient un pot blanc à couvercle d'étain ; elle est assise à une table avec un papier ouvert devant elle, puis un encrier, des plumes, un tapis relevé.

Son costume se compose d'un justaucorps jaune rayé, upe grise et mante noire ; un béguin noir noué sous le menton laisse échapper des boucles de cheveux blonds.

Ce petit tableau, provenant du cabinet Perregaux, est remarquable de finesse. Il est très connu dans l'œuvre de Terburg.

Extrait du catalogue Delessert.

Décrit dans le catalogue raisonné de Smith, supplément. Page 587, n° 29.

Vente Perregaux, 1841.

Vente Delessert, 1869.

Gravé par A. Artigue.

Bois. Haut., 39 cent.; larg., 30 cent.

VELDE (ADRIAAN VAN DER)

1639. — 1672.

37 — *Chasse sous bois.*

Dans une antique forêt dont les cimes se profilent sur un ciel bleu, des chasseurs apparaissent dans une clairière marécageuse et poursuivent un cerf et une biche. Au milieu d'une mare, trois chiens s'élancent, deux autres suivent sur des terrains verts éclairés par un rayon de soleil. Un valet tient un limier par la corde. Puis se présentent sous bois six cavaliers, quatre chasseurs à pied et des chiens qui sautent par-dessus des fougères et des buissons. Au centre, éclairé par le soleil, un arbre dont la tête est dépouillée; à droite des chênes penchés; à gauche l'épaisseur d'une futaie profonde.

Superbe peinture.

Ce tableau est considéré comme une des œuvres les plus admirables d'Adrien Van den Velde, et parmi ses rares productions il est lui-même une rareté.

Extrait du catalogue Koucheleff.

Signé et daté 1666.

Décrit dans le catalogue raisonné de Smith, supplément. Page 629, n° 1.

Vente Koucheleff Besborodko, 1869.

Gravé par Desbrosses.

Toile. Haut., 66 cent.; larg., 80 cent.

VERNET (CLAUDE-JOSEPH)

1714. — 1789.

38 — *Paysage d'Italie.*

Effet de soleil levant. Le soleil dore les tours en ruines d'un vieux château élevé sur les rochers, d'où l'eau tombe en cascades dans un large cours d'eau.

Au premier plan des pêcheurs dans leur bateau, et divers personnages.

Toile. Haut., 52 cent.; larg., 80 cent.

VERNET (Claude-Joseph)

39 — *Vue prise dans le golfe de Gênes.*

Effet de soleil couchant, un navire met à la voile ; divers personnages sur la grève occupés à pêcher. A droite, sur la falaise, une église.

Pendant du précédent.

Toile. Haut., 52 cent.; larg., 80 cent.

WERF (Adrien van der

1658. — 1722.

40 — *La Madeleine repentante.*

De profil, agenouillée dans sa grotte, le torse nu, les mains jointes, par-dessus une tête de mort. Une grande draperie bleue enveloppe les flancs.

Très fine peinture.

Signé et daté 1708.

Vente de la galerie de Pommersfelden, 1867.

Bois. Haut., 30 cent.; larg., 25 cent.

WOUWERMAN (Philips)

1620. — 1668.

41 — *La Récolte des foins.*

Ce tableau est une véritable perle dans toute l'acception du mot, il en a la coloration nacrée; les figures sont d'un coloris brillant et d'une largeur de contour que l'on rencontre rarement chez Wouwerman ; la scène est charmante.

Le cheval gris attelé à un chariot est un de ceux qui lui étaient si familiers et qu'il savait rendre avec tant de talent. Les deux paysans qui élèvent une meule de foin sont peints dans une fine harmonie de ton. L'horizon est bas et à perte de vue, le ciel d'une clarté extraordinaire. Il est impossible de trouver un tableau plus adorable.

Extrait du catalogue des 23 tableaux de San Donato.

Signé du monogramme.

Décrit dans la catalogue raisonné de Smith. T. I. Page 263, n° 216.

Collection de Danser Nyman, 1797.

— Smeth Van Alpen, *Rott*, 1810.

— Baron Nagel.

Galerie de San Donato. 1851.

Gravé par G. Greux.

Bois. Haut., 38 cent.; larg., 33 cent.

WOUWERMAN (Philippe)

42 — *La Halte des Bohémiens.*

Ils se sont arrêtés dans une grotte, où pénètre une lumière discrète. Les chevaux ont été dételés et débarrassés de leurs harnais; près d'un des chevaux qui est couché, deux femmes allaitent leurs enfants. Un des hommes est appuyé sur un cheval blanc, les autres fument ou se reposent.

L'ouverture de la grotte laisse apercevoir la campagne.

Tableau d'une exécution très fine.

Décrit dans le catalogue raisonné de Smith. T. I, Page 242, n° 141.

Signé du monogramme.

Collections P. de Conti.

— Th. Emmerson.

Vente Dupré, 1867.

Bois. Haut., 36 cent.; larg.. 40 cent

ÉCOLE ALLEMANDE

Seizième siècle.

43 — *Portrait d'homme.*

Il est agenouillé, vêtu d'un riche costume de velours rouge, garni de fourrures.

Bois. Haut., 23 cent.; larg. 14 cent.

ÉCOLE ALLEMANDE

Seizième siècle.

44 — *Portrait de femme.*

C'est la femme du précédent personnage; elle porte un costume analogue, richement brodé d'or.

Bois. Haut., 23 cent.; larg., 14 cent.

ÉCOLE ESPAGNOLE

44 bis — *Portrait de femme.*

Vue de face, les épaules couvertes d'un fichu en dentelle.

Toile. Haut., 61.; L. 50.

ÉCOLE FLAMANDE

Quinzième siècle.

45 — *La Vierge et l'enfant Jésus.*

Elle est vêtue d'une robe bleue et d'un manteau rouge. Elle porte dans son bras le divin Enfant qui cherche à l'embrasser.

De chaque côté, sous des portiques, des anges faisant de la musique.

Bois. Haut.. 52 cent.; larg., 42 cent.

ÉCOLE FLAMANDE

Seizième siècle.

46 — *Portrait d'homme.*

En buste jusqu'à la ceinture, le bras appuyé sur une console de pierre, l'autre main dans la ceinture. Il est vêtu de noir et porte toute la barbe.

Bois. Haut., 22 cent.; larg., 16 cent.

ÉCOLE ITALIENNE

47 — *Vierge et enfant Jésus.*

Assis sur un coussin, posé sur les genoux de sa mère, l'enfant Jésus tient dans ses mains un chardonneret.

Toile. Haut. 57 cent.; larg., 47 cent.

TABLEAUX MODERNES

TABLEAUX MODERNES

ACHENBACH (ANDRÉAS)

48 — *Plage.*

Un bateau de pêche prend le flot, à la mer montante, de nombreux personnages sont sur la plage.

Ciel chargé de nuages chassés par le vent.

Signé et daté 1855.

Galerie Kouscheleff Besborodko.

Toile. Haut., 44 cent.; larg., 51 cent.

ANDRÉÆ

49 — *Les Dunes.*

Marine, effet de lune.

Signé.

Toile. Haut., 77 cent.; larg., 98 cent.

APPIAN. (Adolphe)

50 — *Le Pont de Villeneuve-Saint-Georges.*

Toile. Haut., 67 cent.; larg., 1 m. 28 cent.

BELLANGÉ (Hippolyte)

51 — *Le Retour du soldat.*

Un paysan invite à monter dans sa charrette un soldat qui paraît accablé de fatigue.

Signé et daté.

Toile. Haut., 58 cent.; larg., 72 cent.

BILDERS

52 — *Vaches.*

Toile. Haut., 74 cent.; larg., 62 cent.

BRASCASSAT (Jacques-Raimond)

53 — *Taureau.*

Il est brun de robe, de taille moyenne, élégant de formes et de vigoureuse apparence, il tourne la tête vers le spectateur. Le berger qui le garde est assis au pied d'un arbre. Quelques moutons et des vaches paissent au loin.

Signé et daté 1843.

Bois. Haut. 43 cent., larg., 40 cent.

CABAT (Louis-Nicolas)

54 — *La Ferme.*

La maisonnette avec son toit de chaume est située à droite, au milieu de grands arbres, sur une partie de terrains qui se relève. La campagne qu'éclaire le soleil de midi s'étend au loin. Deux vaches sont couchées au milieu des herbes. La fermière suivie de son enfant porte une cruche pleine. Cà et là divers personnages et des animaux.

Signé.

Toile. Haut., 38 cent.; larg., 56 cent.

COUTURE (Thomas)

55 — *L'Oiseleur.*

Dans l'intérieur de sa cour et près d'un jardin, un oiseleur a tendu ses rêts et guette le moment d'y prendre un oiseau.

Signé et daté 1837.

Toile. Haut., 40 cent.; larg., 59 cent.

DECAMPS (Alexandre-Gabriel)

56 — *Rue d'un village italien.*

Des maisons de construction pittoresque et vivement éclairées par le soleil bordent une rue à degrés conduisant vers la montagne; sur le devant et dans l'ombre, une petite fille cause avec un jeune garçon gardant des porcs, d'autres enfants sont près d'eux; dans le fond plusieurs figures sur le seuil des maisons.

Signé et daté 1838.

Gravé par L. Gaucherel.

Vente E. Gaillard, 1867.

Toile. Haut., 93 cent.; larg., 74 cent.

DECAMPS (Alexandre-Gabriel)

57 — *Environs de Smyrne.*

Théophile Gautier a fait de ce tableau la description suivante que nous lui empruntons :

C'est un grand paysage d'Asie Mineure d'un éclat de lumière prodigieux.

Dans le ciel d'un bleu intense flottent quelques nuages d'un blanc d'argent qui ressemblent à des éclats de marbre. Le soleil tombe d'aplomb sur une plaine déchirée de quelques crevasses crayeuses et recouverte d'un gazon brûlé, fauve comme une peau de lion; une ligne azurée de mer rafraîchit un peu cette aridité brûlante et borne la plaine à l'horizon.

Sur le devant des rochers, des térébinthes, des cyprès au feuillage noir et métallique comme les verdures des pays chauds, bordent une route où cheminent des Arabes syriens à pied ou montés sur leurs chameaux, dont les raccourcis présentent ces profils bizarres et déhanchés que Decamps savait si bien rendre; leurs costumes pittoresques sèment de taches brillantes les tons rôtis de la campagne.

Quelle solidité de pâte, quelle intensité de couleur, quelle vive compréhension de l'Orient.

Gravé par L. Gaucherel.

Vente de la collection du comte d'H., 1868.

Toile. Haut. 66 cent.; larg., 92 cent.

DECAMPS (ALEXANDRE-GABRIEL)

58 — *Les Catalans, près de Marseille.*

Plusieurs barques sont sur le rivage; les pêcheurs raccommodent leurs filets. Dans le fond, une grande construction domine la mer.

Signé des initiales.

Vente E. Gaillard, 1867.

Toile. Haut.. 24 cent.; larg.. 40 cent.

DEFREGGER (FRANZ)

59 — *La Danse.*

Dans salle basse, un paysan bavarois à barbe blanche, mais encore leste et gaillard, danse un pas avec une jeune fille. Celle-ci se tourne, en souriant vers l'assemblée que réjouit la bonne tournure du danseur.

Signé et daté 1872.

Toile. Haut.. 97 cent.; larg.. 1 m. 26 cent.

DREUX (Alfred de)

60 — *L'Amazone.*

Elle est debout près de son cheval, un levrier blanc est couché à ses pieds.

Signé.

Toile. Haut., 64 cent.; larg., 47 cent.

DUPRÉ (Jules)

61 — *Le Moulin.*

Il occupe la gauche du paysage près d'une chaumière et sur le bord d'une mare. A droite, un autre moulin entouré de maisonnettes.

Ciel orageux.

Signé.

Bois. Haut., 20 cent.; larg., 35 cent.

ESCOSURA (Léon-Y.)

62 — *L'Amateur d'antiquités.*

Debout, un amateur, vêtu à la mode du siècle dernier, examine attentivement un bronze que lui recommande son propriétaire et que considère un jeune homme assis près d'eux.

Signé et daté 1867.

Bois. Haut., 25 cent.; larg., 18 cent.

FICHEL (Eugène)

63 — *La Partie d'écarté.*

Deux valets de bonne maison sont attablés et jouent; deux de leurs amis suivent attentivement la partie.

Signé et daté 1865.

Bois. Haut., 20 cent.; larg., 15 cent.

GIRARDET (Karl)

64 — *Bords d'un lac.*

Signé.

Bois. Haut., 21 cent.; larg., 34 cent.

GRAFF (John)

65 — *Les Ambulanciers.*

Signé.

Toile. Haut. 00 cent.; larg., 00 cent.

GYSIS

66 — *Bohémiens.*

Signé.

Toile. Haut., 58 cent; larg.. 47 cent.

HAAS (DE)

67 — *Vaches au repos.*

Debout, l'un près de l'autre, une vache noire et un bœuf blanc tacheté de roux. Le soleil du matin fait briller leur pelage, au loin le reste du troupeau et la vue de la mer.

Signé et daté 71.

Bois. Haut. 45 cent.; larg.. 35 cent.

HÉBERT (ERNEST)

68 — *La Mal'aria.*

Réduction du tableau qui se trouve dans le Musée du Luxembourg.

Vente du comte d'Aquila, 1868.

Toile. Haut., 25 cent.; larg., 77 cent.

HÉBERT (Ernest)

69 — *La Danse.*

Une femme vêtue d'une tunique en gaze blanche qui, tombant sur ses reins laisse voir son torse nu, danse au son d'une mandoline dont joue une femme à demi couchée à terre.

Collection Faure.

Toile. Haut. 65 cent.; larg., 44 cent.

HILDEBRANDT

70 — *Scène champêtre.*

Une marchande de poissons monté sur un cheval blanc cause avec des enfants. L'un deux, en costume de pêcheur, porte son plus jeune frère sur son dos.

Signé et daté 1847.

Toile. Haut., 37 cent.; larg., 38 cent.

HOVE (van)

71 — *La Vente du mobilier de Rembrandt.*

Deux personnages, dont un assis, causent dans l'intérieur de la maison de Rembrandt, près d'une table sur laquelle sont de nombreux objets d'art.

Au travers de la fenêtre on aperçoit le public réuni pour la vente, à laquelle on procède, sous la surveillance de l'officier judiciaire, que l'on voit au dehors de la porte d'entrée.

Deux femmes et un homme transportent un coffre.

Signé et daté 1845.

Toile Haut., 1 m. 62 cent.; larg., 1 m. 59 cent.

ISABEY (Eugène)

72 — *Les Orphelins.*

Trois enfants de pêcheurs sont sur la plage, à côté de poissons qui viennent d'y être déposés. Plus loin des bateaux] de pêche que la mer en se [retirant a laissés à sec.

Signé.

Toile. Haut., 48 cent.; larg., 65 cent.

JACQUE (Charles)

73 — *Bergerie.*

Dans une étable où pénètre un rayon de soleil, un berger distribue la paille à ses moutons.

Signé et daté 72.

Toile. Haut. 43 cent.; larg., 68 cent.

JACQUE (Charles)

74 — *Moutons.*

Sous la garde d'un berger, des moutons paissent dans la campagne.

Paysage montueux, ciel d'orage.

Signé.

Toile. Haut. 33 cent.; larg., 43 cent.

KAUFMANN

75 — *Les Bûcherons.*

Effet de neige.

Toile. Haut., 56 cent.; larg., 80 cent.

KNAUS (Louis)

76 — *Portrait d'enfant.*

En buste, les cheveux châtains, il porte un bonnet rouge noué sous le menton, une robe verte et une collerette blanche plissée.

Signé.

Vente Suermondt, 1877.

Bois. Haut. 11 cent.; larg. 9 cent.

PRINS (Jean-Hubert)

77 — *Intérieur de ville en Hollande.*

Des maisons de briques rouges et une maison en pierres plus monumentale bordent le quai d'un canal sur lequel des mariniers sont occupés à la manœuvre d'une embarcation. Un grand arbre projette ses ombres sur les maisons.

Très bon tableau rappelant les œuvres de Van der Heyden.

Toile. Haut., 55 cent.; larg., 75 cent.

ROUSSEAU (Théodore)

78 — *La Mare.*

Près d'une mare, un bouquet d'arbres vigoureux, dont le feuillage a jauni aux premiers jours d'automne, et à l'ombre desquels se reposent quelques animaux.

C'est un précieux échantillon du talent de Th. Rousseau.

Gravé par G. Greux.

Signé.

Vente d'Aquila, 1868.

Bois. Haut., 24 cent.; larg., 34 cent.

ROUSSEAU (Philippe)

79 — *Chat.*

Il vient de bondir sur une souris qu'il tient entre ses pattes. Près de lui, un encrier qu'il a renversé dans l'ardeur de la chasse.

Signé.

Toile. Haut., 22 cent.; larg., 15 cent.

SEITZ (Antoine)

80 — *Le Cabaret.*

Assis devant une table, sur laquelle on leur a servi à boire, deux hommes jouent aux cartes. Le perdant fait un geste de colère en voyant son adversaire plus heureux mettre la main sur l'enjeu. Un troisième les regarde.

Dans le fond, un homme et une femme.

Signé.

Bois. Haut., 39 cent.; larg., 31 cent.

SPRINGER (Corneille)

81 — *En Hollande.*

Signé et daté 1858.

Bois. Haut., 31 cent.; larg., 38 cent.

TROYON (Constant)

82 — *L'Abreuvoir.*

Quatre vaches, sous la conduite d'une femme, viennent boire à la rivière; en amont, près de la rive, est un bateau avec son mât, à droite de grands arbres.

Bien que caché par les nuages, le soleil inonde de lumière toute la campagne, les eaux étincellent sous ses rayons qui dorent le pelage des animaux.

Cet effet de soleil, au travers d'un ciel orageux, est rendu avec un talent incomparable.

Signé et daté 1851.

Photogravé d'après L. Flameng.

Vente Suermondt, 1877.

Bois. Haut., 78 cent.; larg., 53 cent.

TROYON (Constant)

83 — *La Route du marché.*

Au milieu du brouillard du matin, des paysans conduisent au marché un troupeau de moutons; la fermière les précède, montée sur un âne et tenant un enfant devant elle.

Signé.

Vente E. Gaillard, 1867.

Toile. Haut., 91 cent.; larg., 73 cent.

VERSCHUUR (W.

84 — *Intérieur d'écurie.*

Un paysan ramène sa charrue dont les chevaux sont déjà dételés; une femme est près de lui. Dans l'écurie, un cheval dont on voit la croupe; plus près, un âne et des poules.

Signé.

Toile. Haut., 36 cent.; larg., 51 cent.

VEYRASSAT (Jacques)

85 — *Une Rue de village.*

Une villageoise, sous l'auvent de sa maison, cause avec un homme conduisant deux chevaux sur l'un desquels il est monté.

Signé.

Toile. Haut., 31 cent.; larg. 40 cent.

www.ingramcontent.com/pod-product-compliance
Ingram Content Group UK Ltd.
Pitfield, Milton Keynes, MK11 3LW, UK
UKHW021008180726
13838UKWH00003B/1492

9 782329 436562